# 娛樂自己

HUSH

Note：往右翻，直書

# 目次

# 皮膚以內，空白以外

——李焯雄

我是從書稿的最後一篇開始讀的，翻到最後，正是「書名頁」，最後才是開始。檔案第一頁寫着「娛樂自己」，下面還有註：「往右翻，直書」。他人即異域。我的電腦只有「直」，「直」需要copy過來。

瀏覽別人的人生也有該有順序的嗎？但每個人其實都是亂入的吧。

而「自己」是什麼呢？HUSH很常用的是「皮膚」：「像皮膚底下所包含的一切」、「那些傷痛在癒合的過程中，使我學會縫紉。我織出一層層新的皮膚，將那些傷痛都遮蓋起來。」。

HUSH用孤獨來「娛樂自己」，他的文字也是他的肌膚，與別人交換孤獨。

HUSH的好是突如其來的，像是「凌亂的房間是怪物的巢穴，散落的衣物就是怪物蛻變而脫下的皮。每一天，那個怪物都有些不同，但表情總是相同的」、「我穿的不是衣服，是氣場」、「但異性戀總是有自己的一套語言，如同同性戀的文法一樣」，你總會被他天外飛來的一筆打到。

我認識HUSH的那天，他說有次坐客運回家，沿路在生硬的椅子上，找尋舒服的姿勢。

我不確定他說這像極了人生還是青春。

我本來想偷用的，哈哈，哈許，現在雙手奉還。

HUSH，希望你在皮膚以內，空白以外，都找到你最舒服的姿勢。

# 懂拆

——陳建騏

HUSH要出書了！帶不上一句恭喜，覺得，這不就是必然，自然不過的事。身邊有才華的朋友太多，反倒減低了生活中的驚喜。

他給了我一篇〈拆解〉，希望我寫寫。這是一篇有關他創作的剖析，如何從虛無的煙霧裡摸到關於真相的邊緣，然後成為城堡。我懷疑他選擇讓我看這篇文章的動機，是希望我能從字裡行間透過他的拆解拆解他的心靈結構，抑或觸發我的自我拆解。其實，書中更多柔軟感性面貌，才是這些拆解的原始素材。還能寫什麼呢？他安心拆開那些孤獨，解讀那些愛。

說白，每一種創作都得拆除一些業，有機會建構一點點可能的解答。

HUSH，從來都是不可思議的存在。

# 老鄉

——方序中

我認識的 HUSH。

在多年以前，某個失眠的清晨，一首歌，讓我鼓起勇氣，認識了這輩子一個很特別的人。

這是第一次聽完歌曲之後，腦海裡充滿畫面及勇氣，讓我自告奮勇想認識他。

一開始認識的他，很像是我在王牌冤家裡面，忘情診所裡面那些模糊的臉，好像認識他，但卻又想不起他的臉，在你耳邊輕聲呢喃。聊天的他，總是沒有多餘的贅字，從生活瑣事聊到世界議題，都可以很詩意地拆開再重組。創作時的他，像一個大小孩，一有想法就會忍不住分享，常常無形中也激勵感動了身邊一起工作的我們。我們因為一個老家計畫的關係，多了聊起成長過程的故事，也因為都是屏東小孩，所以常常以「老鄉」互相稱呼，更多了一份親切。每個人心裡都有把時間的尺，只是我們願不願意這麼誠實的面對，這遺留在我們心中的痕跡。

我想不管是哪個他，都一樣充滿魔法與魅力。

老鄉，我認識的 HUSH。

# 我對明天的恐懼

——葛大為

我對明天的恐懼，來自對今天的厭倦。

所有的創作人，都是餵養以孤獨的怪物。

於是我很清楚「孤獨」，是如何成為我們深夜的主食，生活續命的餌。常常看HUSH寫孤獨，看久了，孤獨就彷彿是陪在他身邊的一個夥伴，繞行、依存、比愛情更不離不棄……倒有點像守護天使了。他害怕孤獨，但也需要孤獨。說到底，哪個人不是呢？

HUSH只是早我們一步，看到源頭，然後就獨自走了進去。讀他的文字，乍看有怨懟，往裡挖掘盡是惹人心疼的責怪自己。彷彿一種強烈不屬於這裡的抗拒，若真如此，為何我們又著迷於他文字裡、音樂裡的相似氣息呢？HUSH不是異類，只是我們之中第一位出列的同類罷了。

他每隔一段時間就會在臉書轉發乃文的「不要告別」。我們都多麼喜愛這兩句，「我對明天的恐懼，來自對今天的厭倦」。厭倦嗎？是的，所以我們戲謔。恐懼嗎？當然，但我們都還學不會掩飾。他可能不知道，那些沉重的，在他那裏，都能轉譯成輕盈的、小小的傷。長久以來我們自私地借用他這種能力。卻沒告訴他，其實我們也懂你。

請你相信你可以，
請你相信你比自己更壯大。

回應HUSH在我書裡的序，
「我也是這樣的唷」。

# 和另外一個人一起，娛樂自己

——五月天瑪莎

我先答應了HUSH寫推薦序，然後才看了整本書稿。

在這之前，我只知道書名，還有他跟我說為什麼是這個名字。會和他聊這些，其實都跟這本書無關，我只是想知道下張專輯他想要說些什麼。

在幾天後的某個深夜看完了所有的文章，然後我就後悔了。

這些乍看像是小學時候練習寫日記的流水帳，表面上似乎只是生活中點滴隨手寫下的瑣事。

寫閱讀，寫網路；寫寵物的相處，寫過去的回憶；寫旅行的經驗，寫感情的缺口。有時專注地深究寫著那些不起眼的小事，有時思緒跳躍著從A談到了B最後結論卻停在了C。

有時候提出的問題在最後幾句似乎透露著解答的微光，有時候那文章的結尾像是丟了個大哉問但人卻揮揮袖不帶走一片雲彩。

但其實細細咀嚼之後，你才發現這些文字其實都若無其事地翻弄著微疼的寂寞。

因為這樣細膩的寂寞需要剛好的距離，所以才把流水帳當作幌子或形式，然後才能躲在障眼法之中，細細慢慢地描寫出寂寞的形狀。有時候文字快要觸及孤獨的核心，所以倏地跳轉至另外一個主題，以免眼尖的你其實讀出了那些頁面上有些淚痕或怨念。有時候細心的你也許會發現，在某些連他自己也沒注意到的字裡行間，他不小心透露的欲望或脆弱。

那些梳理過的寂寞佯裝成為日常生活隱藏在文字之中，文雅鎮定且從容不迫。可其實這所有的偽裝都圍繞著那個把什麼都往裡頭吸的黑洞，一旦沒了偽裝，只怕像是誰唱過的「為何總填不滿也掏不空」。

在徹底地崩潰前，且讓我們努力保持著既狼狽且頹廢的優雅，隨著這些文字與寂寞和自己保持一些安全距離，痛並快樂著地娓娓道來。

既堅強也脆弱，既尖銳也溫柔。乍看矛盾地包覆並敘述著所有，但其實小心翼翼地和那個黑洞維持著忽遠忽近的距離。

這是我後悔的原因，因為我其實知道自己骨子裡有一個部分和HUSH是同一種人。
在抱怨著孤獨寂寞的同時，也享受著自由和舔舐傷口的滋味和快感。
自己一個人寂寞，也喜歡混在人群裡寂寞。
看電視跨年寂寞，也喜歡湊熱鬧在廣場和大家一起倒數對比出自己的寂寞。
就像每天不耐地給很久都好不了的傷口上藥，但其餘時間總忍不住摳著那塊結痂。
埋怨著傷口永遠好不了，但其實享受摳著結痂那種又癢又痛的感覺。

但跟HUSH不同的是，我沒有辦法把自己那些文字裝扮得美美地，像是那些得了最佳女主角的女演員般，忍住激動從容地緩步上台，好整以暇地彷彿他們在心裡早演練過這套劇本一般。
我總是用最狼狽脆弱的姿態，一股腦地吐出那些腦海中的一字一句。
要打個標點符號都嫌麻煩，想著是否要分段了都覺得浪費時間。
只是好不容易早就熬過了和孤獨寂寞凝望的那段慘綠時光，只怕一旦開始寫了，即使字裡行間勉強可以模仿HUSH優雅地若無其事，但心裡早就跑馬燈似地上演了好幾輪那些回憶片段，然後那感覺又會在深夜寫這些文字的時候襲來。

為了一則無心的簡訊感傷，為了回憶裡某個場景某句台詞沮喪。

然後又會像那誰唱過的「這些年學會的一點點成熟穩重，就要被你，通通化解」。

HUSH用這些文字舔舐著寂寞或孤獨的傷口，然後試著從這些篇看似輕鬆的文字裡頭梳理出那個因為過多的自我保護，而似乎漸漸地開始沒那麼認識的自己。就像那隻只想獨處不願意理人的家貓，過著自己的生活步調，花了一整個下午的時間玩弄床簾的線頭，或是追逐地板上窗外被風吹動的樹影。

我想這大概就是HUSH要說的「娛樂自己」吧。

然後讀著這些文字的自己，在有些時候感覺心有戚戚焉，有時候也不自覺地感傷了起來。

但還好的是，至少我還能因為HUSH的這些文字，可以感覺和另外一個人一起，娛樂自己。

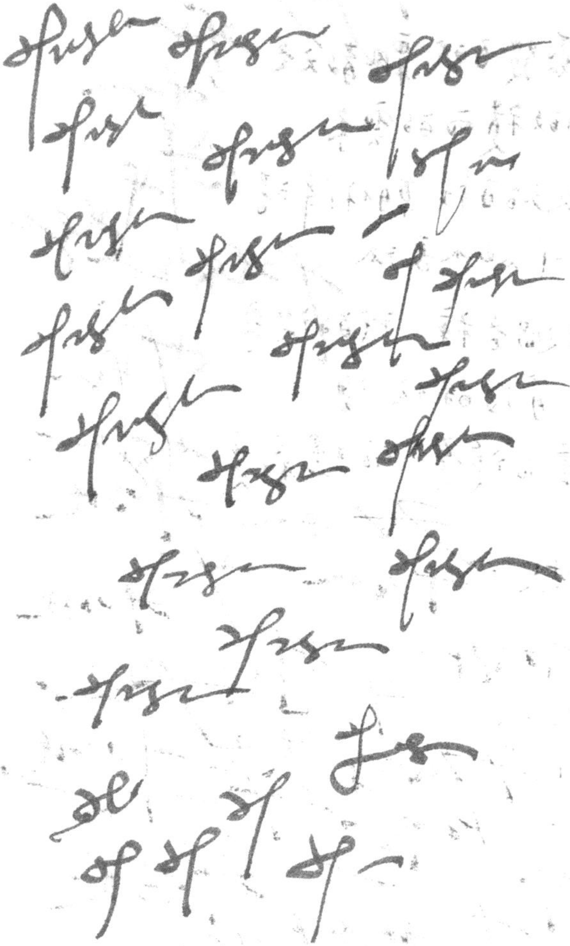

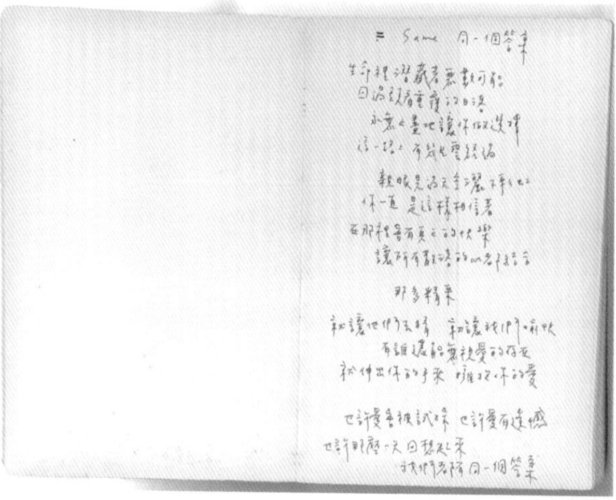
= Same 同一個答案
生命裡潛藏著無數可能
回過頭看重複的日漠
永遠儘量地讓你做選擇
這一路上 有我也要經過
難眠是為了全讓夢想實現
你一直 是這樣相信著
在那裡會有真正的快樂
讓所有難過的心忘掉語言
那多精采
就讓他們去猜 就讓我們吶喊
有誰還能無視愛的存在
我伸出你的手來 擁抱你的愛
也許愛會被試煉 也許愛有遺憾
也許那麼一天回想起來
我們都有同一個答案

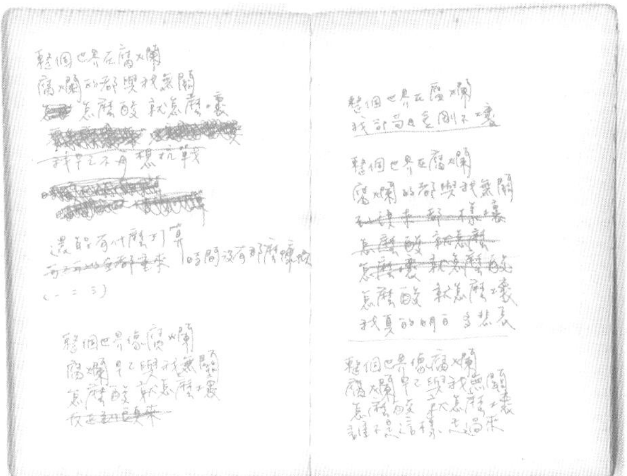

整個世界在腐爛
腐爛的都與我無關
怎麼酸 就怎麼壞
還能有什麼打算
時間沒有那麼慷慨
整個世界像腐爛
腐爛早已與我無關
怎麼酸 就怎麼壞
整個世界在腐爛
我許自己金剛不壞
整個世界在腐爛
腐爛的都與我無關
怎麼酸 就怎麼壞
我真的明白 多悲哀
整個世界像腐爛
腐爛早已與我無關
怎麼酸 就怎麼壞
誰不是這樣走過來

大門

3

# 那個怪物

反正已經沒有什麼能夠阻止我年復一年地提醒自己的孤獨了。

因為打電動結識的異男朋友阿樂，前陣子送我一個害他東西掉光光的厄運布章。是一個綠巨人浩克的頭像，上方寫著Forever Alone. 當下當然直覺且玩笑地回說，誰想要永遠孤獨。

誰想呢？

告別了欣賞對象，工作結束，從下過雨的台中，回到台北家裡的那個晚上，一個瞬間突然以為自己明白了。

浩克在復仇者聯盟裡說，他變身的祕密，就是隨時維持在憤怒的狀態。也許在李安時期，浩克仍然是那個探索自己的怪獸，任憑憤怒牽制，毫無理智。但在加入超級英雄聯盟之後，他學會了與憤怒共處，即便變成了醜陋的怪獸，仍然能分辨誰是敵是友。

臉書前幾天又冒出那種時不時的動態回顧。這一次是三年前發的圖文。大致看了一下，口吻與現在沒有差多少。也許古今人們對孤獨或寂寞的抱怨總是口徑一致，千篇一律。不過這樣說，也只是試圖讓自己躲在大眾的層次底下而已。也想過，老是發這些闡述自己孤獨的文章，終是會讓人退避三舍的。嚇不走的人彷彿也只是奢侈品罷了。物以稀為貴，悲傷說多了總顯得廉價。沒人稀罕，就沒人同情。

那個回到台北的晚上，迷糊間貫通的，就像是浩克的憤怒。就像每一次被啟動變身機制，成為一個巨大而瘋狂的悲傷怪獸時，心底都明白，永遠是孤寂在驅動著我。無論去愛、去悲傷、去遠離或接近。那些不可逆的孤寂分子觸發了身體裡的細胞，讓自己在某些免疫脆弱的時刻與場合裡，變身成那個怪物。

有段時間我很不愛回家，總是在朋友的店裡待到只剩下員工了才走。現在回想起當時的心境，就像是害怕回到一個人的房間。因為那個怪物就在房間裡等我。凌亂的房間是怪物的巢穴，散落的衣物就是怪物蛻變而脫下的皮。每一天，那個怪物都有些不同，但表情總是相同的。

如果總是無法避免成為那個怪物，我想，在這個怪物毀掉一切之前，也許得先讓孤寂不毀掉自己。

如果要變成浩克那樣的怪物，我希望自己是白色的。

スカッとさわやか～ スカッとカイカン～
HAMBURGER LUCKY PIERROT
1000円札

# 百分比

陷入房間大掃除與搬家的兩難。

房間也算是整理到百分之七十了吧，剩下來的雜物、待處理的大件垃圾回收，還有待洗的衣服再處理一下，房間看起來就好多了。衣櫃換一個位置，再把吉他鍵盤的堆疊，壓到和床頭櫃一樣高，讓視覺看起來有所延伸，房間看起來又大了一點。

至少我還擁有幾乎要一整面的白牆。

算一算在台北的十幾年裡，至少也搬過了十幾次的家。淡水、錦州街、萬華、永和、松山區。其實我一直都沒對搬家的勞累產生厭煩。住在不同的地方，自然有不同的生活面貌。有些地方只住了一年，就在最後一個季節來臨之前開始感傷。有些地方，一直嫌棄，卻也就這樣續了約。那一句「生命自己會找到出路」在此刻顯得多麼俗豔。

現在居住的地方，因為打算要都更，旁邊養了一座公園，公園裡自然也養了許多蚊蟲。入住之前，甚至打了電話，轉接到都更處詢問，想知道我大約可以住上幾年，免得合約簽了又得搬家。得到的回覆是，這附近的街區確實有都更的計畫，但是會議還沒開，更不用說動工了。都更處要我先放心地住下來。

眼看續租的合約到期還有三個月的時間，決定還是先好好整理房間的我，為了清理出一些空間，反而新買了一些功能更好的家電來汰換。用來解決衣物發霉率偏高的除溼機、涼風暖扇清淨三合一的廈扇、還有電力比上一代提高百分之五十的吸塵器。至少，錢花了下去，房間也應該要乾淨起來。好比此刻在心中自以為的百分之七十。

時常覺得對任何問題給出的百分比不假思索，但是，那些百分比從來都不能真正量化心中確認的程度啊。

百分之三的哀愁

百分之十六的快樂

百分之六—七的思念
百分之八—四的孤獨

就連我還會在這裡住上多久都還不確定。

唯一能確定的，是現在除溼機上顯示，房裡百分之六十五的溼度。

# 冷

東京街頭第一陣初雪
西伯利亞平原的風
冰島的三月
Ane Brun 的歌聲

魂不附體的兩個人

# 貓型人

去了一個家飾品牌的拍攝工作，在現場看到一隻豹玩偶，馬上童心大起，想起家裡頭那兩隻貓。

每次在外蹓躂或工作結束回家的時候，我都會把自己的嘴湊上他們的鼻子，讓他們辨認我。我猜想那是他們辨認的方式。不管他們究竟想辨別的是身分、氣味，或只是我今天吃過的食物。這是每天不可或缺的一環互動，而兩隻貓與我之間的關係定義也一直相互在變動。

從一開始的主人寵物、朋友、家人，到最新添增的定義：室友，這些自己給出去的定義，一直在演化。這也絕對是養寵物這件事情所釀出來的心得。十來年的時間還算夠長，到了現在，常常覺得我與他們更像是共享一個空間，或者時間。當然，他們絕對還是我的毛小孩。

我的貓時常只是聞了一陣之後就開始做著自己的事情，直到盆裡的水沒了飼料吃完了貓砂滿了，或者想去陽台晒太陽了，他們才會開始使喚我。不過，最近他們開始會舔我的手，有一種說法是貓把自己當成了同類。我當然接受這樣浪漫的說詞，倒也不是因為自己終能成為如貓一般的人，而是在十年的時間下，有一種互動關係，被無以名狀的沉默與直覺，更明確地闡述了。兩隻貓與我之間的這些那些，好像突然有了更新的發現與解釋，就像對未知的貓科宇宙突然又有了一些新的察覺。

我想起電視節目上關於犬型人與貓型人那種無傷大雅又令人會心一笑的分析。我理所當然地把自己歸類在貓型人那一類別。說不定我們早已經對自己身為人類的自覺完型崩壞，才需要那麼多覺得拳拳到肉卻也不痛不癢的心理測驗與歸類，讓自己對自己有更多的感知，使自己可以找到一個座標，安身立命，舒展開來。天馬行空亂想，絕對還有許多可以舉一反三的例子：山或海，冷或熱，花生醬或草莓醬，百事或可樂。如果我是喜歡冬天且住在海邊的貓，一定也有喜歡夏天往山上跑的狗兒。

可是我也羨慕老鷹和喜歡海豚，喜歡泰式奶茶和調酒，喜歡牛排只加鹽巴不要蘑菇黑胡椒，喜歡那些被二分法關在門外、被奪走參與感與發語權的，眾多選擇。

我所理解的世界，很常是因為各自精彩而美好著。

# 一半的個性

二〇〇七年，在動物醫院領養了Doctor和Gaga。

在動物醫院的時候，他們兩隻，和Doctor的妹妹被關在同一個籠子裡。因為打算一次飼養兩隻公貓，他們便跟著我回家了。當時的他們才一個月大，算起來是雙魚座。輾轉跟著我換過幾次住所。有一年，我和兩個也都養貓的朋友合租，家裡最高紀錄一次有三個人六隻貓。對那幾隻貓而言，要分配各自的領域是困難的事。偶而家裡有貓打架，常常見到Gaga像主持公道一樣，出面制止更多的爭吵。Doctor則是躲在房間裡頭。

又有一年，住在光復南路後來都更變成公園的那個二樓套房，陽台外正好是一樓的鐵皮屋頂。鐵皮屋頂上時常會見到野生的貓媽媽帶著兩三隻小貓，或晒太陽或只是閒晃。偶爾我會買飼料放在陽台鋁窗外伸手出去所能及的位置。兩三隻小貓，大概好奇大過於恐懼，率先吃起了我放的飼料。貓媽媽後來也漸漸卸下防備，但飼料總吃得急。

基於某種有如氾濫母愛一般的心態，有時候我會讓兩隻貓去到陽台，說是交朋友，其實也只是體現我身為主人的愚蠢心願。不過，陽台的範圍畢竟還是家裡那兩隻貓的守備空間。有時候野貓靠得太近，Gaga會先發制貓，發出斥喝。至於Doctor，像大哥旁的小弟，微弱地、意思意思地叫個幾聲志在參加不在得獎的叫聲。

這兩隻雙魚座的貓，各自有各自的鮮明性格。Doctor的驕傲常常在冬天的時候一覽無遺：只許寵物討摸，不許主人擁抱。Gaga十足耐抱，卻常在放手之後衝去飼料盆前。據說那是一種反應壓力的表現。「原來他是忍耐著的嗎？」有時候我這樣懷疑著。

他們像各自負責我一半的個性。一廂是獨當一面、承擔壓力；一廂是脆弱敏感、不甘寂寞。還有另一廂，是我作為主人的一廂情願。人類總是自作多情地在寵物身上找投射。與其說寵物養久了像主人，實際上也許更像是主人意亂情迷地尋找與寵物共通的證據。因為那種連結大幅提高了飼寵的浪漫。能夠被需要，是多美的事情。

曾經在某個短暫停留的寵物節目片段，不偏不倚地被來賓口中的結語戳中。來賓說，寵物也許只是工人的一陣子，但主人卻是寵物的一輩子。

瞬間眼紅的我，轉過身摸摸賴在身旁的兩隻貓。

希望他們的一輩子，還有好一陣子。

# 人樣

有時候我會去自助洗衣店洗衣服。

其實租屋處是有洗衣機的。心情好的時候，我會在家裡洗衣服，洗好了晒在陽台，等到隔天，差不多都已經乾了。但自助洗衣的好處，就是洗完了可以直接整車推到旁邊的烘衣區。投下十元硬幣換兩張防靜電紙。衣服烘好之後，餘溫還靜靜散發著香氣，像剛出爐的鬆軟麵包。當然，回家後的整理是另外一回事。

洗衣店的牆上，貼滿了各式各樣的說明，斗大的字寫著洗滌時間約三十分鐘。通常我會算好時間，到附近去快速喝一杯咖啡，或就待在洗衣店裡玩手機，偶爾拍一、兩張那種以為帶著都會感的洗衣筒正在旋轉的照片。從透明的玻璃門面看見正在旋轉的衣服，容易有一種時間的錯覺，好像秒針在洗衣筒裡跟著轉動。否則用一杯咖啡的時光去洗一袋衣物，實在是有點太短暫了，在咖啡還沒被室溫偷喝光以前，衣服早就去了一趟墾丁回來了。

如果連烘衣服的時間也算上，前前後後大約會在洗衣店待上一個小時多的時間。這是一件單調而冗長的事。手機裡的視窗翻了又翻，通常不會有什麼留下來。三三兩兩的聊天也不會說中什麼可以立地成佛的要點。滾筒裡的衣服，可能是這一個小時之內，最有始有終的過程。光是洗衣粉溶解在水裡，滲入衣服纖維，隨著滾筒旋轉擠壓出泡沫，這樣的過程，就已經令這一個小時足夠真實。那些真實的泡沫被我們添加了最真切的期待，期待它以一種人類所不能及最極微的方式，去除那些日常生活裡惹上的髒污。好像人類只要不痛不癢地褪下外頭那一層皮，再換上一件被晴天擁抱過的外衣，身體就不曾沾染灰塵過。

忘記在哪裡讀到，一個人如果買愈多的衣物，就表示這個人愈需要陪伴，我覺得很有道理。畢竟，衣物像另一層偽裝包裹著自己。在虛榮的場合彰顯自己的地位，在舒服的場合讓自己放鬆。衣物也像一道不妨礙他人的結界，縝密而合身。要把衣服當作自己的延伸，說不定也不為過。「你是你所穿」我猜想某個時尚大師可能會這樣說。

三十歲以後，可能是內外整合達到了一定的平衡，走了上升的運，開始變得有點像雙魚座。我不確定，開始大量購入玩偶這件事情，或說童心這件事，跟上昇雙魚有沒有絕對的關聯，但我很肯定在這些公仔裡面，藏有一股我對於「人樣」的期待。

而我想衣物也是如此。

# 上升星座

結果我的上升星座是獅子座。

約莫接近二〇二〇年初，因為改名的關係，趁機到戶政事務所查了自己的出生證明。以往想起自己的「身世之謎」，我總是問不到一個絕對的答案。不到三十分鐘的時間，拿到自己的出生時間之後，星盤全部重新算過，這才發現我的上升星座是獅子座。當下的那種驚訝，就如同我大約在好幾年前才認清自己的生肖，因為農曆生日還沒過年，所以其實屬老鼠一樣。

那段時間其實過得有點奇妙。一邊重新認識自己的出廠預設值，一邊像終於找到正確型號的說明書，對照著自己的使用說明。「好吧，是滿像的。」諸如此類的話，那幾天時常陪伴著自己。因為我活生生地過了三十四年自認是上升雙魚的生活啊！儘管星盤上只有上升星座改變，我卻突然整個都不太對勁了。

所有我以為我的選擇困難、優柔寡斷、不切實際的浪漫幻想，突然間被一紙官方的出生證明給赦免釋放了。那頭心裡的獅子打翻了水族箱，將魚生吞。接著而來的跑馬燈，是那本說明書上顯現的各種獅子意象。我的驕傲、我的自我爬梳和展示、我的不服輸……「搞了半天原來都是這頭沉睡獅子的夢境嗎？」我這樣想。

在那段調適的日子不久後，我突然感悟到人生很短。雖然看似沒有什麼關聯，但在知道自己真正的上升星座之後，我有一種得到第二生命的感覺。像拿著假劇本演出各種劇情的漫威演員，終於知道自己的演出在整個劇情架構裡，扮演怎樣的角色。放到一個更大的格局來看，那幾乎是一種催眠。帶著雙魚的假設，形塑了雙魚的樣子並接受了這樣的認知，就這樣過了三十四個年頭。

而回到改名這件事上，如果在出生時我們的名字就已被注入父母的心念，長大後是否就會長成那個名字形狀的西瓜？在多數的自我抗辯中，占去最多百分比的我的立場，時常認為，名字終究只是某種靈長目智人對於他者的意識標靶，而意識就像飛鏢，在想到某個人事物之時，就會飛往意識標靶去。如今我卻改了這個標靶的名字，而我卻依然感覺我仍舊是同樣的人。

在改名與星盤看似自相衝突的矛盾中，我突然想起有一陣子，臉書上很流行各種心理測驗，星座的性格的預測的各種測驗。可能是因為略懂塔羅牌的關係，日子久了，就對這些心理測驗開始無感了起來。我甚至想，人類在做這樣的測驗時，因為從答題開始，經歷一道道題目篩選，最後得出某一選項，便認為最終的那個宿命般的結果，必定是經過自我自由意志嚴刑拷打後，對自我的吐實與坦承，因此認為自己被歸類到的，必定是自我的反映。因為第一題到第十題的過程，彷彿濾去了雜質，在最後顯露出答題者的本質，才會得到「好準喔！」的驚嘆。但如果順序反過來呢？如果ＡＢＣＤ四個答案全部看過一遍，再揭露前面的題目，仍然是一樣的準確嗎？

我其實沒有什麼想法。

也許真正的我只是一團藏在神經元裡帶有電子訊號的迷霧，嘗試著看清一朵朵的生命之花。

神
二

# 在冰河上落淚

冰島是超越人類量尺可以測量的美。

因為工作的關係，輾轉得知，倫敦飛冰島的機票很便宜。於是結束倫敦的演出之後，團隊裡的幾個人和我，我們一起飛往冰島。想想在出發前大夥對於冰島實在太期待了，把完全沒去過的倫敦整個拋在腦後。上網查資料、租車、訂行程民宿，充其量也就是一般的行前準備。

到冰島已經是深夜十二點，氣溫是零下負二。原以為可能會死在冰島，一出機場發現其實也沒有那麼冷，很像下雪的北海道溫度。聯絡好租車的員工，拿到車，我們就出發了。一半的時間，冰島像是無盡的公路電影，比美國的公路電影還要再電影一點。深夜裡趕路其實有點危險。開玩笑說像沉默之丘，但也像某些總之就是沒看過的電影開頭和結尾。有時岔路的另一條偶爾有車行駛，看上去像極了一場在車窗上播映的電影。「各自前往不同的寬闊」心裡頭是這樣想的，也許結局大不相同，但故事過程美好。

在夜裡開車，有時候遇上風雪，容易讓人視線錯亂。車下的路或直或彎，但路就在腳下。可那風雪是從斜向飛來，你以為有另一個象限在車窗上，不自覺想往風雪裡去。風雪又像是電影星際大戰裡，千年鷹號以光速前進時，那些星星畫出的指引線，好像穿過這些線就可以編織出厲害的風景了。有時候夜裡走小路，分不清路旁的，到底是湖泊或是結冰的小河，或只是一片草地上的雪，只知道，這路要繼續走下去。

有一段路上，手機裡的音樂放起了「白日夢冒險王」的歌，是José González的Stay Alive. 當他唱到「We' ll do whatever just to stay alive」時，我笑出來，覺得這一切對極了。有時候，路上只有滿天的星星在當路燈。那星星是我未見過的多，多到銀河像洪災，生平第一次希望大難臨頭。

光害的程度非常微弱，接近城市時，城市上方的雲是城市燈火的橘色。遠遠看上去，像是人造的極光，像科技僅存的幾項浪漫事物之一。

我們一天一間民宿，住起來看似累人，卻也練就一雙整理行李的好手。明早要穿的、隨身要帶的、放在行李箱居多的，全部照順序排好，像行程一樣。但行程中的驚喜是沒有秩序的。昨天夜裡經過的路，白天看上去完全不同了。那些未知解開的同時，只能讚嘆未知的美好與神聖。

冰島的解析度很高，白天公路上經過的，是一直變換的景致。有糖霜布朗尼山，有抹茶小丘，也有天和地一同發白到失去界限的時候。山腳下三兩成群的農莊小屋引起我們最多的好奇，在好奇冰島人究竟要如何生活的當下，生命也分配了六天讓我們在冰島活過。

我們的行程大致與一般的旅行社無異。仙境一樣的藍湖溫泉、地景多樣的金圈與大瀑布、飛機殘骸迫降的黑沙灘，還有冰河。冰河真的占據我心裡太多的視線，太美了。有時候冰河像海，因為冰河的頂端就是天空了。有時候看起來又像從天而來的洪水，因為某種瞬間的原因，突然就掛在那裡，危險，卻也靜靜躺著。在冰河上健行時，導遊說起冰河的成因，約莫是溼氣凝結成雲，化成雨水又變作雪，雪沉重得結成冰，每當雨水落在冰河上，一邊流下，一邊結凍，一邊擴展，最終成了冰河。光是如此，就已無法想像這一切需要多久的時間，才能讓一條冰河流向自己。於是我們提前走向了冰河。

冰河上散布著一些石頭，導遊和我們說了一個淒美的傳說。說我們健行的那條冰河兩側山上，住了兩個神。其中一個神每天晚上都跨過冰河去找另一個。有一天逗留太晚，回程穿越冰河時，被升起的太陽照射，因此變成石頭跌落，碎在冰河上。而我在冰河上所能想到最淒美的情節，就是如果能在冰河上落下淚來，那樣就能把眼淚裡頭的故事，用一種超越人類的量尺封裝起來永久保存，或者等待漫長的消融。

而我希望，有機會再去一次冰島，把冰島看得更仔細。如果能在冰河上看見極光，就一定能在冰河上落下淚來。

# 拆解

開始有創作習慣之後，我常常在腦中練習拆解。

對於文字的拆解，有時候像是一首沒有盡頭只好自動淡出的歌，有時也很像打散一個積木玩具。例如「拆解」二字，就可以是「拆分」與「解構」的組合。而拆分與解構又能各自衍生出「拆解」這顆家族樹的枝葉。

拆開、分散・解散，構造

諸如此類的文字實驗，其實真正在紙上執行的次數少之又少。有時候甚至一點幫助都沒有。往往拆來解去，到頭來它們仍屬同一棵樹，抓著同樣的意境土壤。只不過在這些拆解的過程中，出於自我安慰也罷，彷彿可以從這些字眼的根源看起，看見它開花結果，在整段路徑找到最適切的、創作上所需要的文字拼貼。

有時候收到一些訪問稿問起創作是什麼，在不同的時空與心境，我常給出不太一樣的答案。有時候創作像畫畫，在有限開數的紙張上，察覺邊境界限，於是安心在範圍內自由奔走。有時創作也像蒸餾，在不斷燒腦的過程中，萃取出題材所需的幾滴精華，沿著手與筆的導管，佐以某些添加物再濃縮成一瓶瓶香水，送到使用者的手上，輕輕一噴，意境揮發充滿。

在獨自一人的時候，創作這件事情若要更具象化形容，對於創作定義，我的畫面其實有點迷幻。

那感覺像是，第一人稱的視角突然鏡像，往大腦內看去。鏡頭經過一整片的黑暗後來到充滿水氣迷霧、無重力無邊境的意象空間，所見之處只有霧氣。至於題材，則像是出發探險時內心所懷抱的初衷，那是放在內心不足為外人見、自己知道就好的源頭。而在這一片霧氣之中，會有許多字眼結晶成型，如同被拆解的文字與文字重新凝聚。霧氣結成霜、結成冰，或像分子漸堆疊，從無形到立體。於是在意象空間內，帶著內心對於題材的探索使命，開始找尋搜集所需要的文字結晶，將其寫成一首首歌詞。

說到底，最終的成品往往只是一段幾分鐘的歌曲，幾分鐘的消遣抒發。但拆解是如此影響著我在創作時的過程。

創作也像在生命行經的路上，於過往揚起的塵土。很多時候只能不帶目的地向前走，直到某一天突然停下，回頭看見那些塵埃落定，沉積出自己的形狀，堆疊出自我的地質，才能看懂當時的飛沙走石，原來是某一回事的風暴過境。

而我在這樣的拆解之中，不停地以生命重組自己。

# 語言

1.

把一個西瓜種子種在方形的器皿中，就會得到一顆方形的西瓜。

因為在咖啡店工作的關係，開始接觸起形形色色的人。這些人，像是在經過我之際，留下一滴滴水彩。這些水彩的後續渲染，開始在我腦中描繪出所謂「語言」的形狀和顏色。

十八歲之前，人生一直活在制服的框架下，好像大家必須是同一個樣子，像那種塞入方形盒子的西瓜。高中時代，人格基礎建設無可避免地慢慢跨過那個制服的界線。開始有人改了褲長、有人將外套穿得邋遢；書包別起了別針、把頭髮與校規一同剪去。從頭到腳，人格像生命力強韌的小草，在制服的水泥牆隙間，找到辦法鑽了出去。我以為那是一種自我的展現。

後來上了大學，得到了服裝上的徹底解脫。百花齊放的校園，儘管不算爭奇鬥豔，也夠各異其趣了。然而我覺得更有趣的，是極力逃脫制服牢籠的人們，好不容易擺脫方形器皿之後，卻在十九歲起的生活裡，組起了小團體。各自打扮卻又共繞軸心，分享相近的流行與價值，在小異的型錄之上仍屬一個大同。

那感覺像是被抛到荒島上的一船陌生人，結盟出一團互助會的關係。追根究底，人還是團體的動物吧。

人格像在制服中先長出了只有皮膚以內的自己才知道的自我。當皮膚以內的空間被填滿後，自我滲透皮膚，和外界有了交換。在認識其他人之後，能夠辨認了自我和他人的差異，才又回過頭，更加確認自我的主要成分。大約就是在這樣的交換之中，每個人得以建構起專屬的難以複製的精神堡壘。

我大約就是在這個時期之後，關在自我堡壘的高塔裡，注意起所謂的語言。所謂的語言，並不是指地方語系的習慣。而是我開始發現，對比成文字，有些人像雜誌，有些人像散文。當然也有報紙型的、詩意的、或者箴言一樣的人。

2.

二十來歲那時候，結交了一票和我一樣性向的朋友。在那個安全網裡面，所有人幾乎像是無後顧之憂，像看見洞穴有一張網子，安心地往下跳。因為大家知道，那張網子再怎麼樣都能接住墜落的自己。於是在那張社交網上，我們鬧著笑著，時常聊著非我族類一知半解的行話術語。那種無須翻譯的語言，因為無需費心解壓縮，讓人感覺自己被全然理解與接受了。

想像一張電腦桌面，桌面上壓縮檔所蘊藏的內容，全然地被理解與接受，讓桌面有了極大的空間與自由感。以電腦的語言來形容，被那種社交網所包覆住的我，就像看見這樣的電腦桌面一樣，沒有什麼多餘的煩惱。

後來的工作環境裡充斥著更多與我不同的人。時間久了，自己似乎開始學會了異性戀的幾個單字。雖然這樣形容有些極端，明明多數時間裡的溝通，也只是人與人之間的日常語言，但異性戀總是有自己的一套語言，如同同性戀的文法一樣。在習慣了幾種不同語言之後，我突然發現以往的某些朋友，還是像在當時安全網上嬉鬧的樣子。不過這件事情並不需要特別拿好壞的尺來衡量，就像語言本身並沒有對錯的區別。

離開安全網之後的我，好像去了異地體驗了別於以往的生活。有時候靠著翻譯，去理解原來在不同的語言之中，其實大多都有共享的本質。愛是Love，恨是Hate。不管是什麼語言，背後的心意，其實都沒有差別。

只是我再也不是躺在網上那個當初不假思索以為世界就是這樣的孩子了。

IMAGINE

快樂

# 我就這樣自己照顧自己長大

寫於二〇一五年七月十五日

「我就這樣自己照顧自己長大。」

這是巴奈的流浪記裡面一句歌詞，我不是很常掛念著，但偶爾被某些事情觸發時，就會想起來。

十八歲，拒絕重考，逃避現實，我讓自己北上了。三所學校六年時光，除了結交到很多到現在都很親愛的朋友們、走了幾遭音樂圈圈內外上下的旅程之外，那六年幾乎都是虛度的，如果做所謂的正事才算得上不虛度的話。

非常偶爾的時光裡，我會想起原生家庭這件事、這個字眼。俗氣地說，就是家教。往往在思考某些人事物的過程最後，我會想起這四個字。那是我們很難去讀懂甚至翻閱的一本書，假如我們每個人是一間圖書館的話。

在台北前前後後的這些年裡，我常常是自己照顧自己長大的。像一本筆記本，觀察、記錄、抄寫、塗改、留白。這個世界始終有那個能耐去教會你一些什麼。學不來，總會一而再遇到下一次的生命考試。學不乖，那也是自己選擇的事。於是，我選擇讓自己說話像文本，學習文雅的修辭、營造某些文藝的形象。當然也一定有鄙俗的一面，說髒話、陰暗的思想。

那些選擇的時刻，都只是在應證這個皮囊容器裡的自己是誰。我們在什麼樣的事情裡得到存在感，我們就往哪裡生長，也許就像植物自己尋找光。

當然也有可能，你是什麼樣的人，早就被設定好了。只是我從來不太去想設定的事。因為要成為什麼樣的人，自己得要先選擇。選擇了，就會有岔路。儘管路會通到哪裡我們從來不會知道。

而我們每一個人都只是在生命路上前進著，那些真實的感受只有自己最清楚。幸運的話，也許遇見幾個旅伴，分享彼此見識過的風光，一起前進或分道揚鑣。無論如何，自己照顧自己並不是一件輕鬆的事，但，我們都也是這樣跌跌撞撞走了過來。自己照顧自己，有時鬆懈，有時激昂，有時覺得所有的痛都還可以再痛一點，快樂也是。我們在生命中所能對自己的心所探索的，就是不斷用定義去重新定義自己，而這是件從來都不會有人教的事。

也許你沒有什麼交心的老友、真誠相待的同事、願意真正視你為人而非工具的老闆，甚至，也許你的原生家庭並不像世俗所共識的理想，你仍然是自己在定義自己的眼界與心，你仍然是自己照顧自己長大的孩子。

# 原則問題

我是一個很少在衣服上有文字的人。

早些歲月，非常不喜愛衣服上出現任何的文字標語。那感覺像是輕易地為了某些自己也不清楚的精神背書。而這件事的觸發點，大概出自於某次見到友人身上一件紫底衣服，燙金的英文寫著「當精子先生遇上卵子小姐。」而友人並不理解其意。那時候開始，偶然見到路上的人穿著帶有文字的衣服，我都會多加留意。

也許是長期的文字工作建立起多多少少的文字潔癖，當這些文字被穿上，至少在有意識的時候，於我就是一種宣示。而當人們將文字無意識地展現於眾人面前時，雖然與我一點關係也沒有，卻總是提醒自己要堅守自己的原則。推給星座承擔這樣的局面更是輕鬆。舉凡各種星座排行，涉及難搞的題目，魔羯座往往榜上有名。雖不知道是我夢魔羯，還是魔羯夢我，只要每每見到原則一類的討論話題，我總是很能感受，就算客觀大愛地說每個星座都有自己遵守的原則，我卻往往覺得，自己擁有最大的體現。魔羯最苦最硬最有稜角，這一切都讓我來承受，我不成魔誰成魔。

或者說火鍋，我所遵守的原則，就是把肉盤留到最後再吃。偶爾有養生的節目討論火鍋，常見的說詞多半是先攝取蔬菜纖維，當作墊胃也好，助於消化也好，將容易產生油沫的肉盤留待最後再吃，賞心悅目之餘，又能感覺自己往健康靠近了一點，何樂而不為？又或者，比如說上酒吧這件事情，以往絕對不會獨自一人前往，非得要呼朋引伴，眾人齊心一起踏進酒吧，歡聚的儀式才能正式開始。孤身前往，總覺得像是輸給了寂寞，向寂寞投誠。

諸如此類的大小原則，像一磚一瓦建構起我的人格。說不定它們最終蓋成了一棟無人敢接近的房子，住在裡面倒是舒適自在。而究竟是誰第一個說出原則是拿來打破的這種不負責任的建言，早就過了追溯期不可考。原則是與自我的約定，即便真的要大興土木大破大立，房裡的擺飾與格局，仍然得由自己動手才行。

於是現今的我，在某些適切的場合，偶爾會穿上有趣的文字。比如穿上寫有「100% AVAILABLE.」的衣服，獨自前往知道一定會遇見熟人的酒吧。

至於火鍋，肉盤仍是留在最後。

# 氣場

可能是台灣的城市向來都沒有特別強大的美學，灰濛濛的牆、鐵皮屋頂、鋁門窗，我常想這城市需要一點顏色。

這可能也是我開始穿很多花花綠綠衣服的原因。

「我穿的不是衣服，是氣場。」每次跟朋友開玩笑，說自己以美化市容為己任，其實多少有一點謊言吧，真正需要被美化的，說穿了到頭來還是自己。在一個顏值先決快門隨便的物質世界，更尤其在音樂娛樂產業工作，我很清楚，比我帥比我美的人多得是。當大家對文青二字厭倦」以後，最新的男女神仍然止不住出土，雨後春筍。那能怎麼辦？

氣場啊，氣場永遠是最重要的。當別人一邊擔心合身問題一邊穿著竹筍裝往湯裡跳，至少我還能追求成為竹筍湯界的一塊排骨。既然沒有人可以提供出一個公允的、關於顏值測量的官方度量衡，與其活在一個外表永遠都需要受到公審的世界，活出氣場自信，也許是更美好的一項選擇，或者對像我這樣一個土象星座來說，其實更划算。因為自信大概是唯一一項不由別人說了算的價值。增值或貶值，其實都還是自找的。而自信如果是塊黃金，永遠也只有自己心裡知道占了自己幾兩重。就像兩個砝碼的較量，自知愈重，自信愈高。

我大概是活過了文青這塊吐司開始發黴的年代，還覺得吐司仍舊是好吃食物的人。不能否認的是，很多人長大的過程都吃過這塊吐司，千禧年代尤其愛吃。

倒也不是什麼文學素養那種美學。在做文青吐司的那些時間裡，大家都試過用文化的麵粉跟藝術的雞蛋試著要烘焙出一塊自傲的吐司，沒有隆重推出的打算，求的也多只是精神上的溫飽罷了。但可能也在那樣的風潮下，人們開始追求手沖的咖啡、底片的相機、機械的手錶……等等人為因素很強大的要件，因為那些東西與人的連結更深，與自己的連結就更深，突然間身體像盆栽湧入趁隙滲透的水，你知道自己開始飽滿了，準備開出一朵花給這個世界看。

於是你吃的食物養成了你，選擇的物品呈現了你，過的生活記錄了你。

因為那些都是用自己身體長出來的觸手做的買賣，公平貿易，銀貨兩訖，誰也不欠誰。所以我就是我，你就是你。

我長得還算高所以披披掛掛尺寸寬大。嘴邊肉有點猖狂所以留了鬍子破壞視覺線條。臉屬於長形臉所以喜歡瀏海而且要亂亂的瀏海。知道自己舒適圈界線所以前陣子終於挑戰了自助旅行。什麼都不太精通只好用力寫用力唱。

你又是怎麼樣的呢？

CRIME

# 游泳

二〇二〇年的七月開始，為了提高自己的運動量，我又去到泳池游泳。

隨著次數，從每次半小時，慢慢拉長到一小時。期間找一些游泳的教學影片，看著看著才知道，自己的萬年泳姿，是以前盛行的大蛙。那種大幅度的踢腿，大概就是導致我每一趟之間氣喘吁吁的原因。頭一個月，因為姿勢的不正確，游起泳像是在趕拍子。旁邊水道的人全都像假想敵一樣，一心只想超越。漸漸改成以夾腿當作推力的小蛙之後，幾次去游泳都在試著矯正自己。

試著收斂大腿開闔、旋轉腳掌角度，從踢水變成夾水，從划水變抱水。改掉了原本兩拍一換氣的節奏，變成一口氣一次動作循環。節奏重整自然又亂了手腳，喝了幾大口水，重新整頓好呼吸，再繼續練習，讓身體慢慢體會速度與節奏感。

游泳的時候除了有一搭沒一搭地想想水面上的事之外，和自己說最多的，是不要慌。也不是什麼怕水那種帶有恐懼意味的慌。比起來，更像因躁進而雜亂潦草的字跡那樣地慌。愈想把某些字只是交代一樣地寫出來，就愈顯現結構的凌亂。那股凌亂反應在肢體上，想著想著就變成一種帶有比手畫腳大挑戰的滑稽感。

而水面下的思緒，伴著心跳聲，以耳塞防堵外洩。來回幾趟，水面上的身子開始熱起來，但身體裡的心卻愈游愈平靜。和跑步一樣，游泳在心理與生理上都是孤獨的運動。過程中都必須面對自己，調整呼吸，沒有人為伍，沒有人鼓勵。

已經忘記第一次游泳的感覺和時間，也許是很小的時候。游泳這項技能在習得以後，我距離第一次下水的那個記憶，一拍一拍地愈游愈遠了。游泳如此、腳踏車如此，人生亦如此。

所有的漣漪終會歸於平靜吧。

說不定人生追求的，僅僅只是在游水的過程裡，激起漂亮的水花，然後看著它溶回水裡。

愛叉惜
萬韋七團華

# 新年快樂

載我回家的運匠，是個爽朗的中年男子，車上音樂放得很大聲。他說他最討厭過年，因為他沒有年夜飯。他的雙親住在台中，女兒也十來年沒有聯絡。一個人在高雄生活，他說他體會到悲從中來，就是過年這種時候，有時想著想著眼淚就會掉下來。

運匠問我太太怎麼沒有一起，我說我單身，他說那一定是我有四、五個女友還沒決定交往。我笑而不答。像一隻蚊子不回答蒼蠅的提問。

快到家的路上，有幾戶人家就在自宅一樓敞開門的客廳圍爐，他笑笑說看了真羨慕。抵達家門口，老媽探頭出來，運匠依然爽朗地攀上幾句問候。因為綁定了信用卡結帳，他說，他連續四趟，都沒有拿到現金。

「小陳！謝謝蛤！新年快樂！」運匠開走時這麼說。

銀座駅

# 寂寞實習生

這陣子時常和朋友談論起愛情。

大概是聽了好多也感同身受的感情碰壁故事，突然覺得，看似要求很純粹絕對的我們，以為自己已經到達了一個盡善盡美的狀態，認為自己隨時都可以套進愛情裡頭。於是要求得鮮明，渴望得絕對。發現苗頭不對的時候，也總是能瞬間冷血。

至少像我，我是這樣想的。我想自己對自己的工作領域或生活，還算得上是認真，好像就只缺感情這件事了。於是認為自己隨時可以去欣賞，可以去愛。好像一種蓄勢待發，百廢待興。也許是在某個動心的時刻，我真的覺得自己活了過來。或者，好像終於體會外國浪漫電影歌曲裡常常出現的那種台詞，那種你讓我感覺活著的台詞。

有很大的百分比，可能是源於好一陣子對生活的痲木。在那樣制式的工作和生活與規則底下，什麼也期待不起來。說穿了，就是沒有什麼新鮮事。這種時候我特別期待一顆甜蜜炸彈的引爆。說是甜蜜炸彈，其實也不見得非感情事不可，追根究底也就是期待任何好消息的發生。所以在一段時間的麻木底下，假如遇見一個人，便感覺到炸彈上的引線好像開始燃燒了。開始期待，開始患得患失，開始興奮，也開始承擔失落感。

前幾天回家路上，突然想起孫燕姿的「愛情證書」。又和幾個朋友聊起了感情。突然天外飛來的一股憤世忌俗，卻意外脫口說出另一個和自己辯論的立場。我說：「去年到現在，面對對象我都陷入得很快。在那些絕對的背後，是因為覺得自己已經準備好了。但現在想想，那種所謂的準備好，也許根本就只是在寂寞裡實習得太久，太想要早日進入社會一展長才，掂掂自己的斤兩。」

也可能是和朋友聊到愛情博士這件事情，在潛意識中種下了實習的種子。在寂寞裡實習得太久，總是心生厭煩、職業倦怠。「誰想要一直實習下去啊，我也想早點出社會獨當一面啊。」彷彿這般地吶喊著自己對感情的渴望，像日劇裡的鄉愿情節一樣。

可是實際思想，從來沒有人可以給出任何關於愛情的認證啊。

We deliver
to you!

# 線

朋友說，他拒絕了某個曖昧對象的會面。

其實也只是感情事件裡，很常出現的那種，說穿了就是不愛了。在一同搭車回家的路上，我脫口說出：「因為你對他已經沒有牽掛了，所以他的牽掛就變成了累贅。」話說完後，我突然感覺這樣的說法好真實，好像看見一條線。這個世界最喜歡用線比喻緣分了。兩個人搭起互動的那個瞬間，宇宙就已經在兩個人之間縫上了線。

有一次想到兩人之間的線，是在澎湖的時候。朋友因為員工旅遊也來到澎湖參加花火節。挑了一個彼此有空的時段，碰面聊天。我就是在道別之後想起線的。

有緣的人之間都縫著線，當各自交會又分開後，愈拉愈長。我也想像在兩個山頭上站了兩個人，懷著思念直到思念有了生命長出了髮，愈生愈長。被風吹動的長髮開始往彼此而去，意圖在交會的那瞬間，緊緊纏著彼此，再也不分開。

書寫這件事情也很像線。我特別愛用細字的筆寫字，一個字一個字慢慢地寫，寫出許多條線緩慢編織。書寫是一個由內而外的過程，從心意開始，沿著長線一般的血管與神經牽動到肌肉，把想說的話，寫成字，畫成幅。我常想當那些作品完成之後，那些曲折彎直就沿著血水與筆水，離開了自己的身體，成為一個能被冠上名字的物品，收藏著，或者交給他人。尤其書寫思念的東西，特別像複雜交織的線。

要能夠循著這條線感覺到彼此，就得往那條線掛上自己的心。線因為有了重量而晃動著，這才能使雙方感覺到線的引動，即便沉重也是甜蜜的負荷，即使刺痛也是存在的證據。當那條線愈發堅韌，線拉得再長，維持適度的彈性和緊繃，說要牽腸掛肚也不是不可能的事。除非自己血淋淋地剪斷手中握著的感情線，否則，只要有一個人收回了自己的部分，不論手法乾淨俐落還是歹戲拖棚，當線上留下來的，只剩彼方的付出時，對收手撤退的這方來說，都是餘留的累贅。

那多殘酷，那股忐忑起落。當自己的心，活生生懸在那條自身之外再無一物的線上隨風飄晃時，原本像晴天時拿出來晒暖的雙人棉被，竟可以在一瞬之間，成為吊死城門外的一具無名冷屍。

# 慶祝節日的戀人

沒記錯的話，我記得阿凱說，這首歌是寫給張國榮的。

我記得我是這樣誤事的：在店對面靠著友人面朝下帶著醉意坐著。有個陌生女孩一直搖我，似乎是在問候我的酒醉。可是不知道為什麼，我覺得自己被取笑了。很沒自信的那種想法。於是手遮著臉，一句不說就往巷口奔跑，結果撞破了對面店家的一個花盆。

起床之後一個安靜的瞬間想起來這首歌。明明那麼歡樂，可是你知道，那些都是故事要轉壞或者結束的時刻了。此後徒留的只有惻隱，和對悲傷的想像。悲傷像遠處天空的烏雲，你知道他要來了，所以躲回家裡，把晾著的衣服收好。我的悲觀定義就是笑著在心裡想死亡。好比那些再也沒有見到面的情人。

情人、戀人、愛人，像一個過程，或者三個盒子，裝著各種語言，和那些後來再也沒用處的物品，在每一次整理房間的時候上演分手擂台。有些東西，比如幾年前很愛蒐集的酷卡，好像一種文藝宗教儀式，彷彿貼在牆上就可以再開一道窗，抬頭就可以看見地下道、海洋，或者一個商店的角落。

後來那些窗戶又從牆壁上被拿下，收著。通常收在一個勉為其難的文件盒子裡，靜靜地躺著，等到下一次心血來潮，又再被沖刷出來，像出土的中古文物。等到那個時候，那個時代的我，早已經失去價值觀來欣賞。最後，那些窗戶就這樣等著被丟棄。

也可能是我早已過了那個愛與美的年紀。

喝醉的昨天晚上，那些幽靈借屍還魂，把我分屍在這三個盒子裡。所以我昨天晚上，死了一次。

〈慶祝節日的戀人〉

# 黎耀輝

王家衛導演的「春光乍洩」是我唯一一部可以無條件重複觀看的電影。

最激情的一幕，是何寶榮住進黎耀輝離去後留下的房間。何寶榮抓著最後一絲黎耀輝殘存的氣味，在房間痛哭。那是完全的失去，明白再也沒有什麼存在的失去。遺落的衣物只是證明它的原主曾經撐起過它。在那之下，曾是愛人的身軀、愛人的胸膛。離去之後，任何的證據，都只是嘲笑而已。

黎耀輝離去時偷走了何寶榮的護照。尤其在爭吵的情緒過後，此舉像在報復，又或者是一種放逐。然而放逐的主詞是誰，也許只是一種相對關係。當黎耀輝落地台北轉機的那一夜，去了遼寧夜市，又偷走了短暫相識後去到世界盡頭的小張照片。小張答應要將黎耀輝的不開心留在世界的盡頭，卻只聽見幾聲好像哭泣的聲音。

也許黎耀輝才是那個愛得過深的人。放不下過去，也不知道未來。偷走兩張臉，像害怕再也沒有人可以記著。但他終究是去過了伊瓜蘇，見了傾瀉的誓言。布宜諾斯艾利斯的夜晚，兩人的廚房慢舞，引擎蓋上翻飛的南美洲地圖。少了一雙眼，共同的見證留下獨自的目睹，單人的探戈再也沒有回應的腳步。

而何寶榮的心中，自始至終都有個位置留給了黎耀輝。何寶榮的揮霍，像是明白他始終有個依靠，如同天台上的那一場擁抱。黎耀輝別過頭，複雜的面容藏著凌亂的心緒。精巧和愚忠，終究有著不同的表情。

可他們是真有愛情的。

〈黎耀輝〉

〈黎耀輝〉

# 完整的孤獨

二〇一八年一月生日，我去了日本兩周。

所謂的儀式感，對於土象星座來說，應該是心裡隱隱需要的一件重要小事吧。比如喜歡一個人，就算不一定會成功，抱著必死的決心，怎麼樣也要在死前將愛宣示。或者鄉愁，一年中偶爾回老家兩三次，不把想念的食物吃過一輪，便無法完成回鄉的程序。在這樣的儀式感驅動下，八年的生日，我送給自己兩周的日本自助旅行，目的則是為了體驗完整的孤獨。想想其實這種土象的、修行僧式的浪漫，有時候看在他人眼裡，也許完全不值一提。然而當這些境遇確確實實在心中發生，對於執行儀式的自己，每一筆每一劃，都是刻在心上的。

兩周的時間以放假旅行而言，是長了一點。為了怕自己待在同一個地方太久，出現旅行感的完形崩壞而想回家，我安排關東、關西各一周的時間，打算好好獨自走走。生日當天我就出發了（夠儀式感了吧）。前往松山機場的路上，一切都很不真實。以往在巡演的移動中，身旁總有許多夥伴。而這一次，從機票住宿到行程安排，真的都要第一次自己執行了。因為自己一人，行程抓得鬆。就連飛機出發的班次，都安排在白天可以睡到飽的時間。辦理好登記、托運，踏上飛機找到自己的座位，有一種內心的靜默突然蔓延開來。像舞台劇開演前，官方提醒廣播後的那一小段的靜默。

「阿瓜！」突然聽見有人喊我十九歲的暱稱。餘光瞥見空姐的制服，結果是十九歲念大學時的舊識。知道她當了一陣子的空姐，卻怎麼也沒想到會如此巧合遇見。就在這個尋找孤獨的儀式一開端，玩笑地說，我的孤獨感馬上就被剝奪了。

頭一周在東京，噢東京。五光十色目眩神迷。對於過客，霓虹給得大方慷慨，幾乎像是一種揮霍。那些揮霍是如此地不在意失去，反倒加深了過客的無所憑依，我知道我並不屬於這裡。而在這裡工作生活的幾些個朋友，在那一周裡則是能見就見。反正從搭飛機開始，意識中便一直是有人陪伴的狀態。東京人口那麼多，怎麼樣也躲不過緣分的擦肩。

還在東京的時候，暗付著要找一天去看富士山。無奈一月的陰冷，加上東京的宿醉，我想富士山是見不到的了。在第一周結束後，我卻在開往關西的新幹線、一段短暫的彎道，見到了晴空下的富士山，像是書本翻頁突然展開的全景畫面，攤平在高速移動的眼裡。

至於關西，我去了大阪奈良與京都，不外乎都是遊客的行程。東大寺的鹿，大阪的道頓堀。而京都的清水寺，當時因為屋頂與正殿的維修，沒有開放。不過京都幾乎隨處都是景色，倒也不必追求刻意打卡。在京都的其中一天，打算去遠一點的滋賀縣，聽說那裡有日本少數的幾個水上鳥居。因為交通時間而刻意早起後，我便出發了。

從京都車站搭乘湖西線，其實可以一路直達近江高島，也就是白鬚神社的所在地車站。不過大概就像從台北車站往淡水，有些捷運只開到北投那樣，在湖西線的途中，我必須下來等待十幾分鐘換車。那一站是近江舞子。

從京都站開始隨著距離拉遠，市區繁華與熱鬧，到了近江舞子，已經淡出得像是像素對比的另一極端值。步出車廂，左顧右盼，整個車站只有我一人。遠方的山頭積著少少的白雪，逼近零度的氣溫，像熱脹冷縮後，讓周邊小鎮的聲音以一種擠壓過細細的高頻，揉成一團輕輕的白噪音，裡面也許藏了雪，藏了琵琶湖上的風，或者小鎮的運轉聲。

就在近江舞子，我感受到了完整的孤獨。那一份在旅行十天左右後，放在一個小鎮車站的生日禮物，我終於找到。

那種孤獨，沒有任何正負面的空間可以被定義。幾乎像是一種全然的認知，像皮膚底下所包含的一切，全都成為孤獨與孤獨相關的所有。又像在零度的氣溫之中，僅有的體溫顯得發燙。孤獨在那等待換車的短短十幾分鐘內，像是相片放到最大之後，發現所有的像素都由孤獨組成。孤獨的像素，孤獨的車站，孤獨的我與孤獨的小鎮，合而為一。

是那一份合一，讓我感覺到了完整的自己。像一滴純淨的水滴，不被任何事情稀釋，也不為任何事情濃稠。

輕盈且自由。

カット&シャン
¥18
0
平　日9：30～19：30
土日祝 9：00～19：00

BARBER
SUZURAN
WELCOME
OPEN

# 練習說再見

曾經看過一個關於背包客的紀錄片。接近片尾的時候，同樣身為背包客的主角給出了令我深深記得的幾句話。

我其實已經忘記那部片確切在記錄著的是什麼。只是在經過許多段旅行借宿、相識又分離的反覆過程後，主角提出了一個想法，他說與人每告別一次，對於說再見這件事，他就愈來愈上手。如同打招呼一樣被培養起來的社交禮儀，對於分離，他像是找到了一種脈絡與心得，顯然有一套無需情緒的公式一樣，得以被使用在這種需要掩蓋情緒的場合。那是一件令我感到悵然的事。「原來說再見是可以不耗費感情的。」我這樣想。

世間的告別之所以傷感，在很大的程度上，大概是因為曾經交換過什麼。好像一場愉快的聊天，沒有誰說服了誰，立場派不上用場也無需上場，只不過是在聊天的過程當中，你給了我什麼，我又交出了什麼。最後各自帶著一點新學到的語言，說一聲乾杯，喝完這場談論然後回到自己的世界。

我曾經在與人的聊天過程中建構起很愉快的、積木一般的景色，直到最後雙方一起打散它，結束對話。打散並不是因為最後吵翻了天，而是彼此見識到了，我們的共構，是可以長成這樣的。因為曾經這樣地交換過，告別顯得像最後你抽走了你曾經親手疊過的積木，屬於我的那些也就從此不再完整。曾經我們共構出的那個模樣，從此再也不一樣了。

另外幾次練習告別，是在死亡發生的時候。

有一部很喜歡的影集，描述八〇、九〇年代在紐約，LGBTQ族群的困境與發展。第二季的某一集，有一個要角突然就這麼死亡了，像是常聽見因辭演或私人因素而被編劇做了賜死安排那樣的突然。在一股因入戲而感到莫名惱怒的情緒快速退去後，我突然驚覺，人不也是如此嗎，人們不也是常常在某個瞬間，聽聞別人離去的消息嗎？某年一月，和劇團慶功台北場落幕的那個熱炒晚上，我也是這樣突然收到訊息，得知一個朋友走了。

那天晚上非常魔幻。舞台劇不停重複的一句歌詞，竟在落幕的當下，一路唱到了現實的人生。而朋友就這麼跟著台北場一同落幕了。

對於告別，說到底，傷感的究竟是對方抽走曾與自己有關的積木，還是被留下的自己要整理曾與對方有關的積木呢？我不知道。說不定是因為他帶走了我的一部分，而我必須設法長出一些，新的自己。

「生命它只是個月台，你來的目的就是離開。」

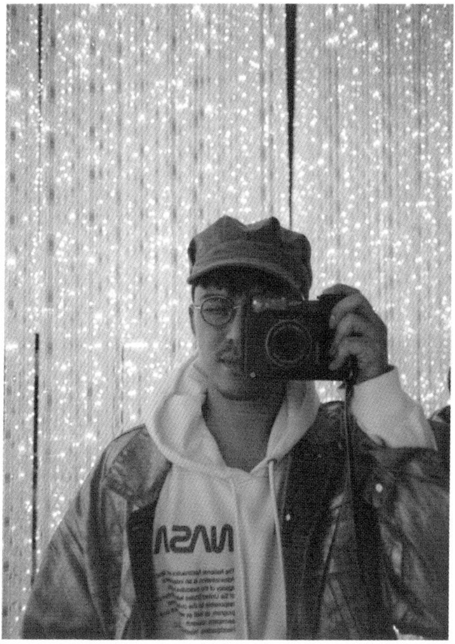
NASA

# 選擇性失憶

小時候在電視節目上看到一位藝人說她患有選擇性失憶，不知道為什麼覺得很酷。雖然那也許只是面對媒體提問的閃爍之詞。

選擇性失憶，或稱解離性失憶，多是一種心因性的症狀。當遭遇某些重大的心理創傷，出於防衛，大腦選擇剔除某一段與創傷相關的記憶。除了某些愛得死去活來的經驗，我並沒有什麼特別重大的心理創傷，不過對於許多事情，倒是真的也記不了那麼多了。

二〇〇三年，人力飛行劇團將幾米繪本《地下鐵》改編成音樂劇。十八歲的我與兩個友人，因為飾演盲女的陳綺貞，來到了台北。在劇中與原聲帶裡，一直讓我牢牢記著的幾句台詞，站在二〇二〇的此刻往回看，似是在無形中，幽微且持續地改寫著我。

「可以遺忘的，都不再重要。」

一如將記憶近乎全盤交給拍過的相片保管，這兩句話，像一道編寫完整的指令碼，植入在我的背景運算，在面臨許多大小瑣事與煩心雜緒時，自動觸發執行，濾去許多不在意，或者不想在意。儘管某些記憶的被遺忘充滿著人工的刻意痕跡，結果論上，也許仍可以是機械式的、工廠製造的消耗品一般，可以汰去。那些我所記不住的事情，在意識蟲洞的另一邊，像太空垃圾漂流。也許繞成星環，或者朝著邊緣飛去。

我記不起幼稚園時自己的個性、小時候絕大多數的同班同學，記不起從何時開始願意吃木耳，記不起那些一時想不起來的事情。

人要如何記住那些不記得的事件呢？

過往的記憶如同年度事紀，一則則以日漸褪色的筆跡，淡薄地寫在腦袋。也許有朝一日，順著筆跡鑿下的刻痕，突然就又都想起，但時序的整體前進，卻總是強抹過那些，無心之過的到此一遊。也許相形之下，抓著回憶不願使其讓時代抹去的人，也有著同樣的煩惱吧。遺忘與記得，也許有著同等的痛苦。

我記得曾經愛過的那些人、那些人帶給我的傷痛。那些傷痛在癒合的過程中，使我學會縫紉。我織出一層層新的皮膚，將那些傷痛都遮蓋起來。

他們睡得很安穩。

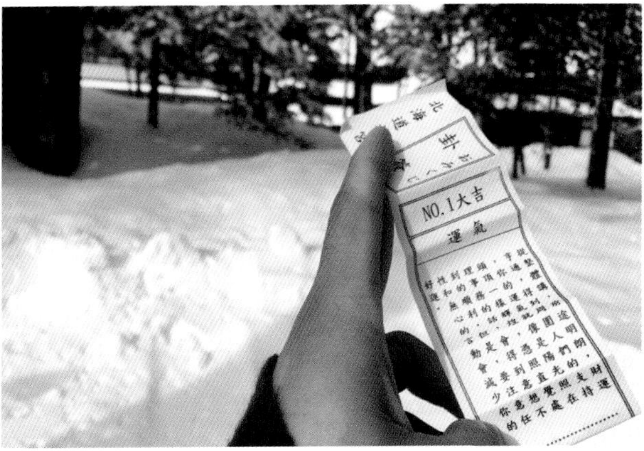
北海道
NO.1大吉
運氣

# 時間的尺

二〇一〇年在卡夫卡工作時，為了班表，開始習慣了行事曆。

起初只是為了休假的緣故，這周想去哪玩、下周連上幾天。對於時間的衡量，出現了以周為單位的計算。開始做音樂發片後，有時在宣傳期間，通告排得多，很多活動提早留了時間，於是行事曆開始出現周以外的計畫。時間的尺又被拉長，成了按月計算。而我對時間的耐受度，在這些時間的尺延展之際，似乎也跟著成長。於是願意花上幾周成就一段忙碌，或試著花上幾個月讓一件事情完結。不過說穿了，這些也只是對於時間的檢視標準不一樣而已。

二〇一二年的時候，趁著咖啡店的連休空檔，我回了屏東老家。某天一時興起，回到以前就讀的高中，那個以前偷抽菸的角落。那是一個校園內相對隱蔽的地方，當時如我一樣的壞孩子不多，往往課堂之間，三三兩兩總會在那遇見。大概是那種祕密基地的專屬感並沒有什麼被他人稀釋的感覺，或者壞孩子之間某種反烏托邦的共識，日子久了，抽菸的角落開始成為大家抒發的地方。高中生的抒發大抵也壞不到哪去，其實也不過拿起鉛筆在陰暗的水泥牆上，書寫或畫圖而已。

我便是在回訪祕密基地的那天，見著了於整整十年前，以幼稚的筆觸寫著一個人跨年也沒什麼之類自我安慰話語的那個自己。抽了一根早就換了好久牌子的菸，我便回家了。

整個過程的平靜，不知道為什麼，在回到老家房間之後，突然失序，情緒爆發開來。我一直哭一直哭，但不是悲傷的哭，而是如同被什麼重力或引力通體流過，看不見卻扎扎實實在身上挨著。那個十年前輕輕幾筆就封印在牆上的自己、那些憂鬱、那些情緒，在十年後自己造訪的同時，僅以一根菸的儀式被解開了。身體某個深處，像傾吐鬆放了一口憋了十年的氣。像是十年後的自己，回到過去，告訴十年前的自己：

「你看，都過去了。」

十年的尺，輕輕一鞭，帶給我一條長長的痕跡。

而也許是起因自數學很爛的補償，我常常沉迷在這一些生活中的數字。算算時間，即將步入三十六歲的我，住在台北的時間，就和待在屏東的時間一樣長了。

我的另一個十八年，人生尺規的二分之一，仍在繼續衡量著台北。

# 牙齒

有些牙齒是鬆動容易脫落的
有些是堅固不動搖的
有些喜歡吃完飯後刷牙再品嘗下一道
有些貼上美化貼片但原本模樣已失
有些曾經整個壞爛又整個換新
有些也為了更好的將來而願意此刻受到規束
有些可能從此就留著缺口

# 類比女孩在數位世界

我常覺得自己是十足擁抱科技的人。例如一台小小的手機，幾乎就要囊括生活中所需的全部。外送、購物、移動、付款，甚至整理家裡。或者更簡單點，像貓咪的自動餵食器，雖然只是帶有定時功能的機械轉盤，卻能讓主人在出遠門時，不必為了寵物煩惱。科技帶給人類的影響，早已是各方面全方位的滲透。我甚至常在與友人的玩笑中質疑為什麼人類要花腦容量記住一些沒有營養的事情。

例如相片，相片於我其實是一種記憶的封存。許多相片在按下快門的瞬間，將當時的氣溫溼度，當時的細微臉部表情，在時間軸上做了薄薄的切片，也許上傳分享，也許就這樣塞進記憶體之中。而對按下快門的我而言，一張照片所壓縮的一切，我都全權交由它保管了。無論是拿快的手機照相或者底片顯影，一張張照片，乘載著我在各個地方留下的回憶。直到我再點開調閱，重新經歷。

曾經在歌曲中聽到這樣一句歌詞：「類比女孩在數位世界。」簡單來說就像帶著一台底片相機走進光華商場或三創這樣的科技場合，那樣的感覺吧。也許並沒有什麼真正不合時宜，時宜終究只是一個時代的集體選擇。或好比黑膠唱片的逆襲，多數人追求的也許根本不是聲響上的震動，但它卻確實帶來了情懷上的觸動。

有個我非常喜愛的題材風格，叫做賽博龐克。大致上在描繪科技的高度發達與人性的相對落後。在許多賽博龐克風格的影視作品與電玩中，時常可以看到大幅度的義體改造與網路交流。整個城市像是由光纖編織而成，隨著巨型投影廣告，科技與網路取代了時鐘，驅動著整座城市與人們的生活。在這樣風格之中，日本漫畫家士郎正宗的「攻殼機動隊」可以說是相當經典的作品之一。

「攻殼機動隊」的英文名字，叫做「Ghost in the shell」，空殼裡的靈魂。這部作品所蘊含的最大哲學，如果放到最上層的目錄來看，大約還是在探討何為人類吧。譬如，當人類對自我的身體改造超越一定程度的百分比，甚至只留下一顆腦袋裝在機械當中，這樣還能被稱之為人類嗎？或者反過來說，當人工智慧如電影「2001太空漫遊」中的中控電腦

HAL9000，發展出自我的情緒與立場直至動機殺人，當這樣的意識裝在於機械之中，它就真的能轉生成人嗎？

這些哲學命題，對於仍持有底片相機的我而言，其實還有好一段距離。我並不會因為使用底片相機而更像人類，使用數位相機的人也並不因此失去人性。只不過，在這樣的對決之中，往往在我心中勝出的，都是那些無可取代的。

# 如果讚是一種喝采

給出去的讚究竟代表什麼呢？

早已經忘記確切是從什麼時候開始使用臉書的，只記得一開始還有戳來戳去的遊戲，像是一種招呼與告知，告訴你，嘿，我在這裡！按讚的功能也是一開始就存在著的。臉書上的人使用它的方式也是五花八門，有些人可能是特地到別人的塗鴉牆上，二話不說全都先讚過一遍，有沒有詳細看，也許是另一回事。有些人則是三不五時針對某些特定的貼文按讚，在你需要的時候出現，在你冷的時候給你溫暖。

什麼樣的貼文就會抓住什麼樣的目光。

大數據的時代，按讚的數量究竟統計了什麼，覆蓋在大數據編織的棉被下安穩躺著的我們永遠都不會察覺，只知道冥冥之中，你瀏覽過心動過的商品，下一秒，就會出現在網路廣告上。按讚之於人心可能也是一樣的。

有次，連續按了一個朋友幾篇貼文的讚，朋友來訊問我為何突然光顧他的塗鴉牆。事實上，我只是多按了幾個讚而已。但我的形象似乎卻像網路廣告一樣，就被擺在他的視窗旁邊，想不注意到都難。這樣說起來，如果按幾個讚就能獲取到注意，投資報酬率還算高。

也許是悲觀的關係，有時候對於那些再也見不到的人，我寧願都設想他們死去了。當人們不再用虛擬的手指頭戳來戳去之後，臉書的讚，像一種存在的替代，告訴你我還在這裡，還在這裡關注你，還會為了你的言行舉止表示意見。儘管讚字的背後，更可能代表「閱」、「噢」、「哈」……等等言不由衷的反應，也許鑲在視窗上的那個讚字早已經失去原有的意思，讚字仍然像一種數位時代的虛擬本能反應。

曾經讀過一篇類似臉書烏托邦的研討，指出每個人在上傳內容時，都有自己的選擇。不只臉書，人類在上傳任何事物到社交媒體時，不經意都做過選擇，展現自己美好的一面。美食甜點，陽光沙灘，俊男美女。無一不是把自己的苦悶擺在鏡頭之外，再用五光十色的濾鏡將生活潤飾。畢竟社交媒體四個字組合起來，就是一種自我展現的管道。

只是我忍不住想，我們在哪種時刻才是真心為了別人經過選擇後展現的自我而替他們喝采呢？

如果讚是一種喝采的話。

# 關閉臉書

二〇二〇年一月，我關閉了臉書帳號。

起初只是基於一些憂鬱的原因，社交的疲乏也好，自我的倦怠也罷。一瞬間一個轉念，我就把臉書關閉了。關閉的隔天起床，不確定是自我安慰或真煞有其事，我感覺到一種微小的清淨。像是偶然在凌晨五六點睡醒，耳朵裡只有空氣的白噪音。比起因為晚睡而以為的自我存在感被放大，那種清靜更像是，注意到自我以外的事物變少了。

偶有朋友詢問，我便以這體悟作為理由，給彼此優雅的台階。而複雜的自圓其說總是後來才編織起來的，當作閉關、趕稿截稿、科技實驗……各種冠冕堂皇的因素都有一點。

有一、兩天，對於關閉臉書腦中浮現的意識，是發現原來很多社交關係，其實非常脆弱。截斷了賴以維繫的社交平台，很多人是再也聯絡不到的了。當認知到大多數人仍在網路世界快速動眼，世界像是再也不會出現慢活這種形容，整個星系突然在加快的自轉中朝宇宙的最外圍加速甩去，留下自己一個人待在原地，告別或被告別。

另一方面，關閉的舉動也許終究只是一個累積已久的扣板機，無論是判刑的最後槍響或者賽跑的出發信號。好長一段時間，我感覺自己再也沒有故事了。日子陷入膠著，沒有新鮮的炸彈翻攪積淤的水底，社群成了水底的我所能少數期待的水面漣漪。一顆顆淺淺鑿上新鮮事的小石子被丟入水中，漣漪或大或小都終將消散。新鮮石子沒入水底，成了昨日的舊聞。

也有那麼幾天，對於臉書二字，有意識地拆解，很庸俗地得到譬如一張臉便是一本書籍這般的結論。關閉臉書，就像扎扎實實地闔上了自我，或者他人。存在於網路社群之外的他人記憶，會是怎麼樣的呢？好多時候我總想，許多的網路足跡，只是為了告訴他人自己來過這麼一遭，或者用難聽的話說，是企圖表達自己仍然存在著，仍然在失速的離心力之中緊緊抓著這個快速旋轉的星系，不願被甩開。告別了網路，人們也許就不存在了。

我在這樣的離心力之中感覺到自我的匱乏，像資源耗盡的星球，再也沒有地底岩漿的底蘊躁動，沒有板塊推擠的破土而出，又像湖泊渴望著風生浪起，而漣漪推演著浪花的野心，卻始終無法成就氣候。

突然想起雨光夏的歌。

「而我的星球自行旋轉將離你遠去。」

# 閱讀

我一年看的書大概不超過一本。

上一本有印象看完的書，是村上春樹的《刺殺騎士團長》。一直記得在閱讀的過程中，腦袋裡直浮出活靈活現的畫面。山對面鄰居那棟房子，以燈光照亮了山區特有的寒冷。明明只是文字，卻能在閱讀的過程中，腦補出屬於讀者自己的世界。

因為遠視，眼球周邊的肌肉，很容易在閱讀的過程裡感到疲累。幾年前下定決心去好好配一副按照度數所戴的眼鏡，眼鏡行檢查得很仔細。負責為我驗光的先生向我解釋，遠視的人因為眼球前後距離短，成像落在視網膜後方，所以可以見到遠視的人常常瞇著眼睛，企圖調節眼球而對焦。

不常閱讀也因為，帶著容易疲勞的雙眼，面對密密麻麻的文字，總是心急地想要在倦怠感出現之前，多看幾行。於是說多不多，卻也不算少發生過，往往在讀到某一行的時候，像走錯一條小巷子突然迷了路，只好回過頭從斷掉的地方重新再讀起。

有幾次受邀到大學分享，總覺得自己像在誤人子弟。沒念完的三所大學，可能怎麼樣也沒想到，有一天不愛讀書的我會以文字討生活。雖然這兩件事並不一定有著絕對的關聯。

每次在校園裡我最愛分享的，其實還是好好生活這種大家都能煮的雞湯。大概因為真的太不愛看書了，很多時候生活中除了文字以外的其他領域，我都當作閱讀來彌補。影視作品、人情冷暖、或者一些天地間的神祕規律。除此之外，日本人口中的讀空氣，也教會我很多文字以外的知識。空氣大概是最難讀懂的一件事。

回到閱讀所屬的器官上，閱讀二字像從雙眼吸收，再從嘴上複誦，而耳朵就像彩蛋，發揮著沒有人留意到的基礎功用。眼耳口三個器官，自成一套循環再生的永續系統，在不斷有新的資訊刺激時，以最簡單的招式搭配，解決了每天隨時隨地可能會冒出來的敵人。不管是文字、空氣，甚至秋天早晨葉子上的露水。

每一天我所閱讀到的，都只在我的身體裡發生。

# 笑聲

二〇一六年的七月，被朋友說發出了比莉姐的笑聲。

那是一種只有空氣經過壓縮過的喉管，發著ㄚ音才能擠出的聲音。想要在清醒時模擬，才發現很難做到。我的笑聲大致上只有兩個聲韻：最常見的ㄚ韻和真的笑到不行時才拿來作結的一韻。

會開始注意到自己和別人的笑聲，一開始是因為一個後來沒有聯絡了的朋友。那大概是二〇〇八、二〇〇九年的事了。那時候我們一群人很常一起研究討論塔羅牌。朋友和我一樣是魔羯座，但是他的心事，藏得比我還深。不管是哪種引人爆笑的話題或語氣，我注意到他總是發出那種，倒吸空氣進喉頭又隨即卡住的摩擦聲。仔細想想，拿演藝圈的人來舉例，大概就像小鐘那樣的笑聲。

二〇一六年有一次，坐在紅樓廣場最南邊朋友的店門口，另一個朋友拿了一個爆笑的網路影片給我看。因為友人事先的告誡，和影片非常短促就到位的醞釀，到了那個應該要爆笑出來的點時，我大概發出了連紅樓廣場最北邊店家都聽得見的，高音域的假音笑聲，十分夠力的那種。我甚至可以感覺自己的丹田大約壓縮了十倍以上的空氣，一直沿著喉管向紅樓北邊噴射而出。笑聲自然是嚇壞了周圍所有人，可是我真的忍不住，那個瞬間要是不那樣笑，身體裡是會引發核爆的。

大概是這幾件事，讓我格外容易拉出一條神經，去聽別人的笑聲。不過也並不是特別靜下心來聽的那種，而是，在所有的背景聲響當中，花上一些記憶體，讓那些笑聲可以被放在大腦的緩衝區。等到回想起來時，說不定可以得出「啊，原來是這樣」的認知。夠熟的話，還會加上自己對這些人的認識。從性格與笑聲去做交叉比對。但話說回來這也不是什麼認真的學術研究，自然是沒有確立起什麼結論。

真的要拿笑聲來做文章，大約可以這樣說：放聲笑的人總最有自信；掩嘴笑的人涌常有些嚴肅或害羞；用假音笑的人時常帶有戲劇化的情緒……等等。想想這樣的形容其實很諷刺。當笑聲成為文章，那些聲音早已經演化成畫面了，無從聽起，也只能透過視覺判斷，用文字做聯想。

可是我還能記得那些人笑起來的樣子。

我的笑聲，幾年下來似乎演化過幾次。雖然我還是不確定，能不能搭上笑聲的直達車，到達一個人個性最深層的地方，去好好了解那些人。

那個後來沒有聯絡的朋友也就這樣消失了。

不知道他是不是還這樣笑。

# 娛樂自己

有時候躺在沙發上，看著一則又一則的影片，一個下午就過去了。

跌倒的、吃螺絲的、寵物的、惡作劇的……只要演算法推送，來者不拒。在那短短幾分鐘的影像之中，快樂來得很快，退得也快。偶爾在某些不經意螢幕暗去的瞬間，自己沒有表情的臉，倒映在手機螢幕上，心底明白，那是我急欲逃避的畫面。我會選擇起身，到廚房抽菸，或者整理凌亂的客廳。就是得找些事情做。

做事情的時候　拉丁爵士的廣播帶給我最大宗的行動力。有時忘情，拿著掃把趁室友不在家的客廳，跳起歪七扭八的舞。大概是因為，那些廣播裡傳來的音樂，與我並沒有太多的關聯。因為知道無關，於是毫無忌憚的寄情，讓自己在拖延的種種面前，顯得富有熱情與欲望。

我常常在這些景象之中，娛樂自己。

有一次與友人聊起陽明山上的游泳池，他說人過了某個階段，要學會帶自己出去玩。我在心裡抄下了這句話。儘管在這句話之後，我並沒有真正帶著自己去過幾次多遠的地方，卻常常在某些生活中的小地方，思索著怎樣才算娛樂自己。帶自己去吃拉麵評比，去河邊走走，做一些順心的事情，或者購買一些理直氣壯的垃圾。

假如娛樂是在平靜之餘，多添上一個項目，那麼也許我的心中，是一片空蕩的水泥地板。我想起高中老友Z曾經說過，如果憂鬱是金錢，那麼她就是億萬富翁。然而這個世界上能夠被視作貨幣的事情還有很多。例如愛慕，例如八卦話題。自他人嘴裡得到一個話題，就像得到一枚硬幣。幣值愈大，愈能延長暫時性的富有。在某些時刻，人們會揮霍那些硬幣來娛樂他們自己。只不過那些終究都不是自己的錢。

娛樂自己這件事，愈想愈覺得心虛。究竟是因為沒有波瀾於是興風作浪，還是某種身心不平衡的補償作用，怎麼看那些娛樂的動機，似乎都再也無法單純。

快樂需要原因嗎？

THE WAY

の犠牲者は誰だよ?
環状
FAST BEAT
BATTLE RIDER
バトルライダー
3rd
1.02 km

# 娛樂自己

POO0040 PCPULAF

作　者—HUSH
資深主編—謝鑫佑
校　對—謝鑫佑　HUSH
行銷企劃—藍秋惠
美術設計—蔡南昇　金彥良

總 編 輯—胡金倫
董 事 長—趙政岷
出 版 者—時報文化出版企業股份有限公司
一〇八〇一九台北市和平西路三段二四〇號四樓
發行專線—（〇二）二三〇六六八四二
讀者服務專線—〇八〇〇二三一七〇五
（〇二）二三〇四七一〇三
讀者服務傳真—（〇二）二三〇四六八五八
郵撥—一九三四四七二四時報文化出版公司
信箱—一〇八九九臺北華江橋郵局第九九信箱

時報悅讀網—http://www.readingtimes.com.tw
文化線粉專——https://www.facebook.com/culturalcastle/
法律顧問—理律法律事務所　陳長文律師、李念祖律師
印　刷—金漾印刷有限公司
初版一刷—二〇二〇年十二月十八日
定　價—新台幣四五〇元


時報文化出版公司成立於一九七五年，
一九九九年股票上櫃公開發行，二〇〇八年脫離中時集團非屬旺中，
以「尊重智慧與創意的文化事業」為信念。

娛樂自己/HUSH作.- 初版.- 臺北市：時報文化,2020.12
140面；11.8X18.6公分
ISBN 978-957-13-8473-3(平裝)

863.55　　　109018605

ISBN 978-957-13-8473-3
Printed in Taiwan